LES HÊTRES POURPRES

LIBREMENT ADAPTÉ DE LA NOUVELLE D'ARTHUR CONAN DOYLE
"THE ADVENTURE OF THE COPPER BEECHES"

TEXTE : JEAN LEROY
DÉCOUPAGE : JEAN LEROY ET SYLVAIN DIEZ
DESSINS ET COULEURS : SYLVAIN DIEZ

LA JOIE DE LIRE

MERCI À SYLVAIN DE M'AVOIR INVITÉ À PARTICIPER À CE PROJET.
MERCI À ARTHUR CONAN DOYLE D'AVOIR CRÉÉ CE DUO ICONIQUE.
MERCI À OLIVIER DUTTO, GUILLAUME LONG ET MÉLANIE PERRY POUR LEURS ENCOURAGEMENTS.
J. L.

POUR BILLY WILDER ET SON EXCELLENT FILM « LA VIE PRIVÉE DE SHERLOCK HOLMES ».
ET MERCI À SOPHIE TOUZET POUR SON FAIR-PLAY « SO BRITISH » ET TOUTES CES BELLES ANNÉES.
S. D.

LES ÉDITIONS LA JOIE DE LIRE BÉNÉFICIENT D'UN SOUTIEN STRUCTUREL
DE L'OFFICE FÉDÉRAL DE LA CULTURE POUR LES ANNÉES 2021-2025.
LES ÉDITIONS LA JOIE DE LIRE BÉNÉFICIENT DU SOUTIEN
DE LA RÉPUBLIQUE ET CANTON DE GENÈVE.

CHEMIN NEUF 5, CH-1207 GENÈVE
ISBN : 9782889860104 I DÉPÔT LÉGAL : MARS 2025
LOI N° 49-956 DU 16 JUILLET 1949 SUR LES PUBLICATIONS
DESTINÉES À LA JEUNESSE
IMPRIMÉ EN LETTONIE SUR DU PAPIER FSC
MISE EN PAGE: PASCALE ROSIER ET CHRISTELLE DUHIL
WWW.LAJOIEDELIRE.CH

FSC www.fsc.org MIXTE Papier | Pour une gestion forestière responsable FSC® C008322

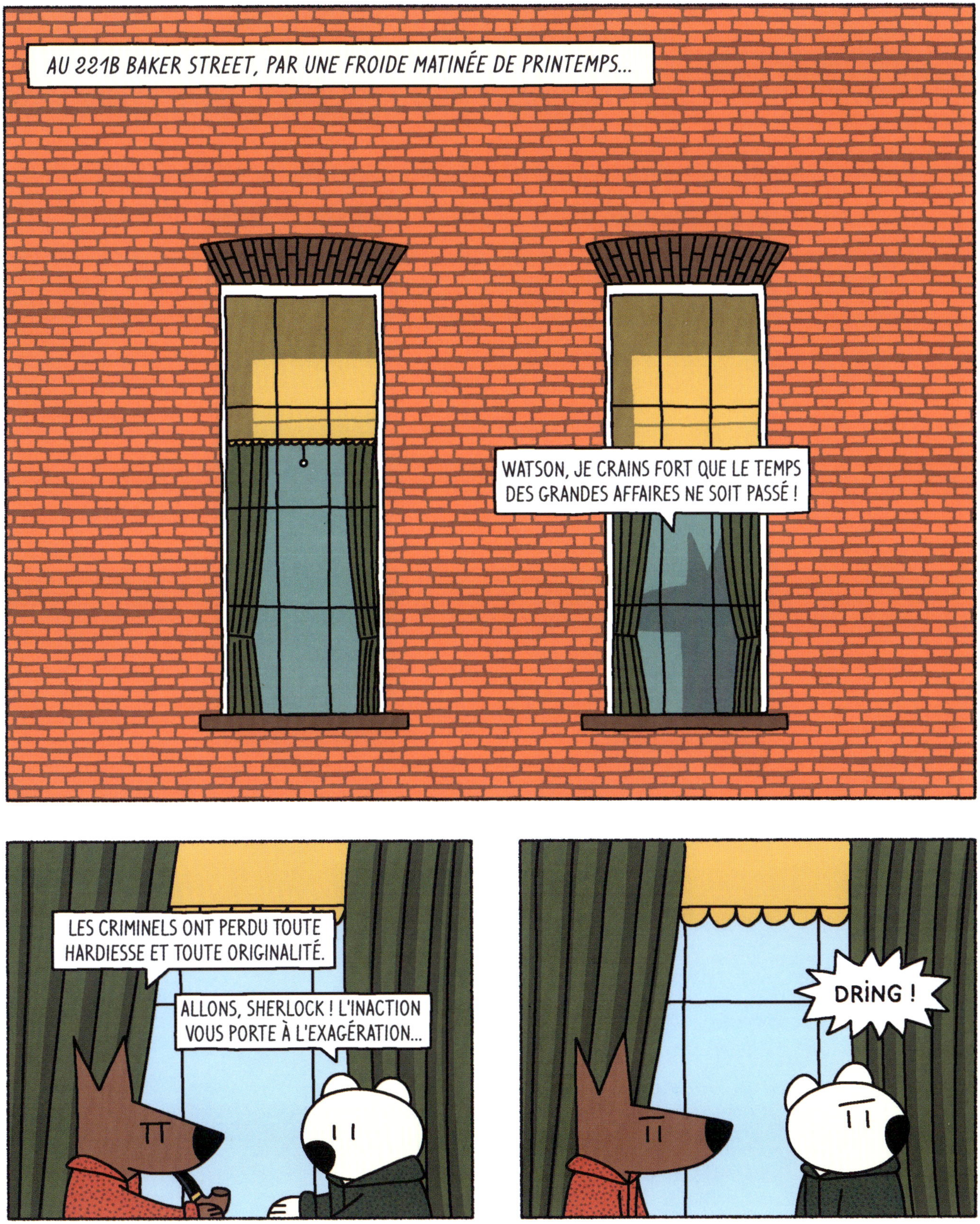
AU 221B BAKER STREET, PAR UNE FROIDE MATINÉE DE PRINTEMPS...
WATSON, JE CRAINS FORT QUE LE TEMPS DES GRANDES AFFAIRES NE SOIT PASSÉ !
LES CRIMINELS ONT PERDU TOUTE HARDIESSE ET TOUTE ORIGINALITÉ.
ALLONS, SHERLOCK ! L'INACTION VOUS PORTE À L'EXAGÉRATION...
DRING !

QUI CELA PEUT-IL BIEN ÊTRE ?
UNE SEULE FAÇON DE LE SAVOIR, WATSON...
BONJOUR ! MONSIEUR HOLMES, JE PRÉSUME ?
HA! HA! HA!

JE VOUS PRIE D'EXCUSER CET EXCÈS D'HILARITÉ, CHÈRE MADEMOISELLE, MAIS C'EST LA PREMIÈRE FOIS QUE L'ON NOUS CONFOND, MON ASSISTANT ET MOI !
ASSOCIÉ, PAS ASSISTANT !
JE VOUS INVITE À NOUS SUIVRE DANS LE PETIT SALON. VOUS POURREZ NOUS EXPOSER, EN TOUTE TRANQUILLITÉ, LA RAISON DE VOTRE VENUE...
JE M'APPELLE MISS HUNTER. J'AI ÉTÉ GOUVERNANTE DURANT CINQ ANNÉES DANS LA FAMILLE DU COLONEL SPENCE MUNRO...
MAIS IL Y A DEUX MOIS, LE COLONEL FUT ENVOYÉ À HALIFAX, EN NOUVELLE-ÉCOSSE. ET SES ENFANTS L'AYANT ACCOMPAGNÉ, JE ME RETROUVAI SANS EMPLOI.

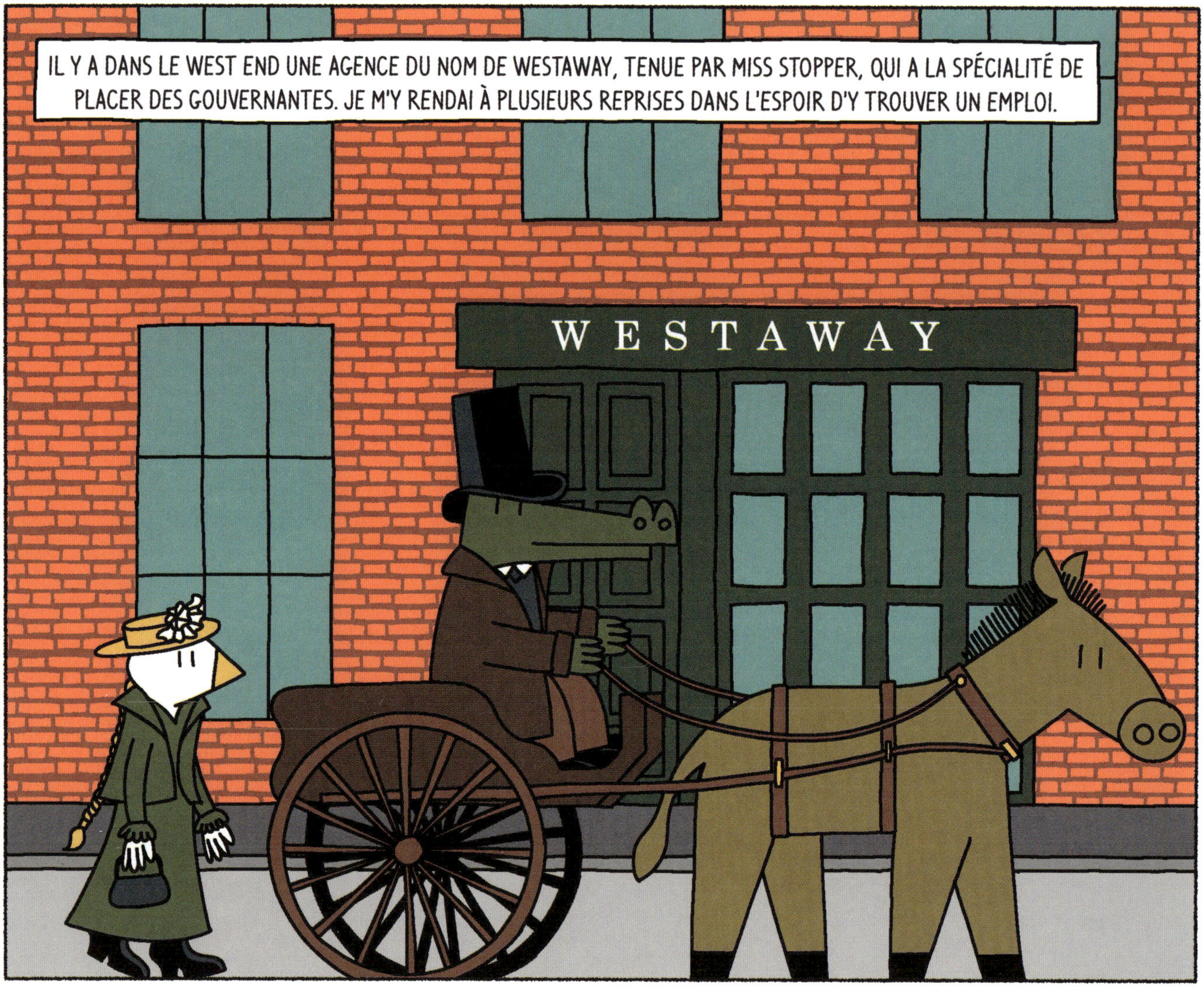
IL Y A DANS LE WEST END UNE AGENCE DU NOM DE WESTAWAY, TENUE PAR MISS STOPPER, QUI A LA SPÉCIALITÉ DE PLACER DES GOUVERNANTES. JE M'Y RENDAI À PLUSIEURS REPRISES DANS L'ESPOIR D'Y TROUVER UN EMPLOI.
WESTAWAY

UNE FOIS, J'EUS LA SURPRISE DE VOIR QUE MISS STOPPER N'ÉTAIT PAS SEULE...

JE NE POUVAIS RÊVER MIEUX. C'EST PARFAIT !
VOUS CHERCHEZ BIEN UN EMPLOI, MADEMOISELLE ?
OUI, MONSIEUR.
ET QUEL SALAIRE DEMANDEZ-VOUS ?
CHEZ LE COLONEL SPENCE MUNRO, JE RECEVAIS 60 £ PAR AN.
VOUS PLAISANTEZ !
COMMENT EST-IL POSSIBLE D'OFFRIR SI PITEUSE SOMME À SI CHARMANTE PERSONNE ?
SACHEZ QUE CHEZ MOI, VOTRE SALAIRE POUR COMMENCER SERA DE...
120 £ PAR AN !

VOUS PENSEZ BIEN, MONSIEUR HOLMES, QUE DANS LA SITUATION OÙ JE ME TROUVAIS, UNE TELLE OFFRE ME PARUT INESPÉRÉE..
IL EST AUSSI DANS MES HABITUDES D'AVANCER AUX GOUVERNANTES LA MOITIÉ DE LEUR SALAIRE AFIN DE PARER AUX PETITES DÉPENSES DE VOYAGE ET DE TROUSSEAU.
LE MONSIEUR AYANT PEUT-ÊTRE REMARQUÉ MON AIR INCRÉDULE OUVRIT ALORS UN PORTEFEUILLE, ET EN TIRA PLUSIEURS BILLETS DE BANQUE.
JE N'AVAIS ENCORE JAMAIS RENCONTRÉ AUPARAVANT QUELQU'UN D'AUSSI PRÉVENANT.
CEPENDANT, JE N'OSAIS ENCORE M'ENGAGER AVANT D'ÊTRE MIEUX RENSEIGNÉE.

PUIS-JE VOUS DEMANDER OÙ VOUS HABITEZ, MONSIEUR ?
AUX HÊTRES POURPRES, DANS LE HAMPSHIRE, À CINQ MILLES DE WINCHESTER.
C'EST UN PAYS TRÈS AGRÉABLE ET LA MAISON A UN CARACTÈRE ANTIQUE QUI LUI DONNE UN GRAND CHARME.
ET MES FONCTIONS ? J'AIMERAIS LES CONNAÎTRE...
MAIS CERTAINEMENT !
VOUS OCCUPER DE MON FILS, JAMES, UN CHARMANT LUTIN DE SIX ANS...
PAS PLUS HAUT QUE ÇA !
OH ! SI VOUS LE VOYIEZ ÉCRASER DES FOURMIS AVEC SA PETITE PANTOUFLE !
PAF ! PAF ! PAF !
HA HA HA !
PLUS HABILE QUE BUFFALO BILL !!

JE N'AURAIS DONC PAS D'AUTRES FONCTIONS, QUE CELLE DE M'OCCUPER D'UN ENFANT UNIQUE ?
EUH... PRESQUE.
VOUS AUREZ AUSSI À OBÉIR AUX INSTRUCTIONS QUE MA FEMME POURRAIT VOUS DONNER. VOUS N'Y VERRIEZ AUCUNE OBJECTION, JE PENSE ?
JE SERAIS HEUREUSE DE ME RENDRE UTILE.
PARFAIT !
PASSONS À LA TOILETTE MAINTENANT. SUR CE CHAPITRE, NOUS SOMMES ASSEZ... MANIAQUES !
SI NOUS VOUS DEMANDIONS DE PORTER UNE ROBE QUE NOUS VOUS FOURNIRIONS, VOUS NE VOUS Y OPPOSERIEZ PAS ?
EH BIEN, JE PENSE QUE NON.
SI NOUS VOUS DEMANDIONS DE VOUS ASSEOIR ICI OU LÀ, CELA NE VOUS OFFUSQUERAIT PAS ?
NON, PAS DU TOUT !
ET DE COUPER VOS CHEVEUX AVANT DE VENIR CHEZ NOUS ?

J'EUS PEINE À EN CROIRE MES OREILLES, MONSIEUR HOLMES !
ME DEMANDER UN TEL SACRIFICE...
JE CRAINS FORT QUE CE NE SOIT TOUT À FAIT IMPOSSIBLE.
...
COMME C'EST DOMMAGE... SOUS TOUS LES AUTRES RAPPORTS, VOUS ME CONVENIEZ ADMIRABLEMENT !
AU REVOIR MISS STOPPER, JE REPASSERAI DÈS QUE POSSIBLE VOIR ENCORE QUELQUES-UNES DE VOS JEUNES CLIENTES...

DÉSIREZ-VOUS QUE VOTRE NOM RESTE SUR NOS LISTES, MISS HUNTER ?
OUI, BIEN SÛR !
CELA ME SEMBLE ASSEZ INUTILE.
POURTANT, AU REGARD DE L'OFFRE AVANTAGEUSE QUE VOUS VENEZ DE REFUSER...
JE VOUS LAISSE Y RÉFLÉCHIR, ET JE NE VOUS SALUE PAS !

JE DOIS VOUS AVOUER, MONSIEUR HOLMES, QU'EN RENTRANT CHEZ MOI, OÙ JE TROUVAI MES ARMOIRES VIDES ET MES FACTURES SUR LA TABLE, JE COMMENÇAI DÉJÀ À REGRETTER MA DÉCISION.

APRÈS TOUT, SI CES GENS AVAIENT DES IDÉES ÉTRANGES,ILS M'EN INDEMNISAIENT LARGEMENT. BIEN PEU DE GOUVERNANTES EN ANGLETERRE GAGNENT 120 £ PAR AN !

LE LENDEMAIN, ALORS QUE J'ÉTAIS DÉFINITIVEMENT PERSUADÉE D'AVOIR COMMIS UNE GRAVE ERREUR, JE REÇUS CETTE LETTRE...

Les Hêtres Pourpres

Chère Miss Hunter,

Très impressionnée par la description que je lui ai faite de vous, mon épouse désire vivement que vous veniez chez nous. Nous vous offrons à présent 150 £ par an pour vous dédommager des ennuis que pourraient vous causer nos fantaisies.
Mon épouse apprécie une certaine nuance de bleu électrique et voudrait que vous portiez une robe de cette couleur. Nous en avons une ayant appartenu à notre fille Alice, partie vivre à Philadelphie.

Concernant vos cheveux, il vous faudrait toujours les sacrifier. J'espère que cette augmentation de salaire suffira à vous en convaincre. D'autant que vos fonctions auprès de notre fils adoré seront vraiment des plus faciles.

Dans l'impatience de recevoir de vos nouvelles,

Bien sincèrement,
Jephro Rucastle

HUM... JE CRAINS DE NE PAS Y VOIR SUFFISAMMENT CLAIR POUR L'INSTANT. ET VOUS-MÊME, AVEZ-VOUS UNE OPINION ?
JE NE VOIS QU'UNE SEULE EXPLICATION PLAUSIBLE...

M. RUCASTLE EST UN ÊTRE DOUÉ D'UN BON CŒUR...
QUI CHERCHE À SATISFAIRE LES MOINDRES CAPRICES DE SON ÉPOUSE !

VOTRE HYPOTHÈSE SE TIENT. CEPENDANT, CELA NE PRÉSAGE PAS UN INTÉRIEUR TRÈS AGRÉABLE POUR UNE JEUNE FEMME...
ET LE SALAIRE, MONSIEUR HOLMES ?
IL EST ATTRAYANT, CERTES, TROP ATTRAYANT, MÊME. C'EST BIEN CELA QUI M'INQUIÈTE...
ET POURQUOI VOUS OFFRIR 150 £ PAR AN, ALORS QU'ILS AURAIENT PLUS DE GOUVERNANTES QU'ILS N'EN VOUDRAIENT À 100 £ ?
J'ALLAIS LE DIRE, WATSON.

JE L'IGNORE ! MAIS JE PRÉFÉRAIS QUE VOUS SOYEZ AU COURANT DE TOUT CELA...
VOUS AVEZ BIEN FAIT : EN CAS DE PROBLÈME, VOUS POURREZ COMPTER SUR MOI !
ENFIN, JE VEUX DIRE SUR NOUS, BIEN SÛR ...
WATSON A RAISON, MISS HUNTER. SI UN DANGER DEVAIT SE PRÉSENTER...
UN DANGER ? QUEL DANGER ?!
SI NOUS POUVIONS LE DÉFINIR, CE NE SERAIT PLUS UN DANGER...
EN CAS DE DANGER, DISAIS-JE DONC, ADRESSEZ-MOI UN TÉLÉGRAMME ET JE ME PORTERAI À VOTRE SECOURS.
NOUS NOUS PORTERONS À VOTRE SECOURS !

JE PUIS AINSI ME RENDRE PLUS SEREINEMENT DANS LE HAMPSHIRE...
MILLE MERCIS, MESSIEURS !
MISS HUNTER ME PARAÎT CAPABLE DE SE DÉBROUILLER TOUTE SEULE...
JE SERAIS NÉANMOINS FORT ÉTONNÉ SI NOUS N'ENTENDIONS PAS PARLER D'ELLE SOUS PEU...
DANS LES TEMPS QUI SUIVIRENT...
DRiNG !
WATSON !

BOUM !
DRiNG !
EH BIEN, WATSON ?
ON SONNE ...
DRiNG !

DIEU FASSE QUE CE TÉLÉGRAMME CONTIENNE ENFIN DE QUOI NOUS OCCUPER SÉRIEUSEMENT...
WESTERN UNION
MONSIEUR HOLMES,
JE VOUS PRIE DE BIEN VOULOIR
ME RETROUVER DEMAIN MIDI
À L'HÔTEL DU BLACK SWAN
(WINCHESTER).
J'AI GRAND BESOIN DE VOS CONSEILS!
MISS HUNTER
WATSON ?
ALLEZ DONC CONSULTER L'INDICATEUR DES TRAINS POUR WINCHESTER, VOULEZ-VOUS ?

ET À ONZE HEURES, LE LENDEMAIN...

CE PAYSAGE N'EST-IL PAS RAVISSANT, SHERLOCK ?
VOYEZ-VOUS, WATSON, C'EST LE MALHEUR D'UN CERVEAU COMME LE MIEN DE NE POUVOIR RIEN REGARDER SANS LE RAPPORTER À MA SPÉCIALITÉ...

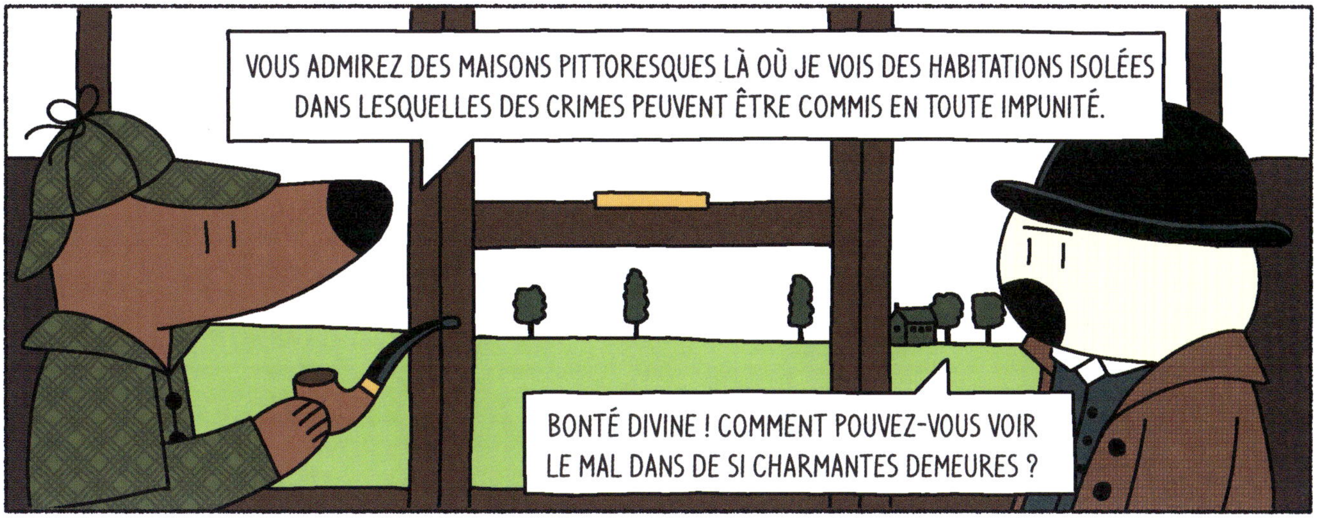
VOUS ADMIREZ DES MAISONS PITTORESQUES LÀ OÙ JE VOIS DES HABITATIONS ISOLÉES DANS LESQUELLES DES CRIMES PEUVENT ÊTRE COMMIS EN TOUTE IMPUNITÉ.
BONTÉ DIVINE ! COMMENT POUVEZ-VOUS VOIR LE MAL DANS DE SI CHARMANTES DEMEURES ?

ELLES ME REMPLISSENT TOUJOURS D'UN CERTAIN EFFROI. C'EST MA CONVICTION, WATSON...

CONVICTION FONDÉE SUR L'EXPÉRIENCE QUE LES RECOINS LES PLUS VILS DE LONDRES N'ONT PAS PLUS DE PÉCHÉS SUR LA CONSCIENCE QUE LA CAMPAGNE LA PLUS SOURIANTE...

ET LA RAISON EN EST ÉVIDENTE : LA PRESSION DE L'OPINION PUBLIQUE PEUT FAIRE DANS LES VILLES CE QUE LA LOI SEULE EST IMPUISSANTE À OBTENIR.
IL N'Y A PAS DE RUELLE, SI PERDUE SOIT-ELLE, OÙ LE BRUIT DES COUPS DONNÉS PAR UN IVROGNE N'ATTIRE L'ATTENTION DES VOISINS.
EN UN CLIN D'ŒIL, LA JUSTICE PEUT ÊTRE SUR PIED ; ET LE CRIMINEL, BIENTÔT SUR LE BANC DE L'ACCUSÉ.
MAIS DANS CES MAISONS À L'ÉCART, HABITÉES PAR DES GENS QUI NE SAVENT RIEN DE LA LOI, QUI SAIT LE NOMBRE D'ATROCITÉS QUI PEUVENT S'Y PERPÉTRER, SANS QUE PERSONNE N'EN SACHE RIEN ...

DÉCIDÉMENT, SHERLOCK, VOUS AVEZ LE DON DE GÂCHER LES RARES PETITS MOMENTS DE LÉGÈRETÉ QUI NOUS SONT OFFERTS...

NOUS VOICI À WINCHESTER, WATSON. QUITTEZ DONC CETTE TRISTE MINE ! JE SUIS SÛR QUE MISS HUNTER NOUS ATTEND COMME CONVENU AU BLACK SWAN...
ET AUSSI QU'ELLE SAURA APPRÉCIER VOTRE INITIATIVE...
EUH... QUELLE INITIATIVE ?
CELLE D'AVOIR EU L'IDÉE JUDICIEUSE DE CHANGER D'EAU DE COLOGNE, PARDI !
...

BLACK SWAN

DIEU MERCI, MESSIEURS, ENFIN VOUS VOILÀ !

ALLONS DANS LE HALL DE L'HÔTEL. NOUS Y SERONS PLUS À L'AISE POUR DISCUTER...
JE NE SAIS PAR OÙ COMMENCER...
DITES-NOUS D'ABORD CE QUI VOUS EST ARRIVÉ... JE VOIS QUE VOUS AVEZ CHANGÉ DE COIFFURE.
C'EST EXACT ! MAIS CE SACRIFICE EST DÉJÀ OUBLIÉ. CAR C'EST SURTOUT L'ATTITUDE GÉNÉRALE DE MES EMPLOYEURS QUI M'INQUIÈTE...
VOICI LES FAITS TELS QU'ILS SE SONT PASSÉS...

LE JOUR DE MON ARRIVÉE, M. RUCASTLE M'ATTENDAIT À LA GARE. IL S'EXTASIA À LA VUE DE MA NOUVELLE COUPE DE CHEVEUX !

PUIS NOUS NOUS RENDÎMES SANS TARDER AUX HÊTRES POURPRES...

M. RUCASTLE, AIMABLE PENDANT TOUT LE TRAJET, ME PRÉSENTA À SA PETITE FAMILLE.
À L'EXCEPTION D'ALICE, LA FILLE DE SON PREMIER MARIAGE, AVEC QUI, DEVAIS-JE L'APPRENDRE PLUS TARD, M. RUCASTLE N'AVAIT PLUS DE CONTACT.
M. RUCASTLE ME CONFIA QUE SON DÉPART ÉTAIT DÛ À L'AVERSION QU'ELLE ÉPROUVAIT POUR SA BELLE-MÈRE, COUPABLE SELON ELLE D'AVOIR MIS FIN À SON VEUVAGE...

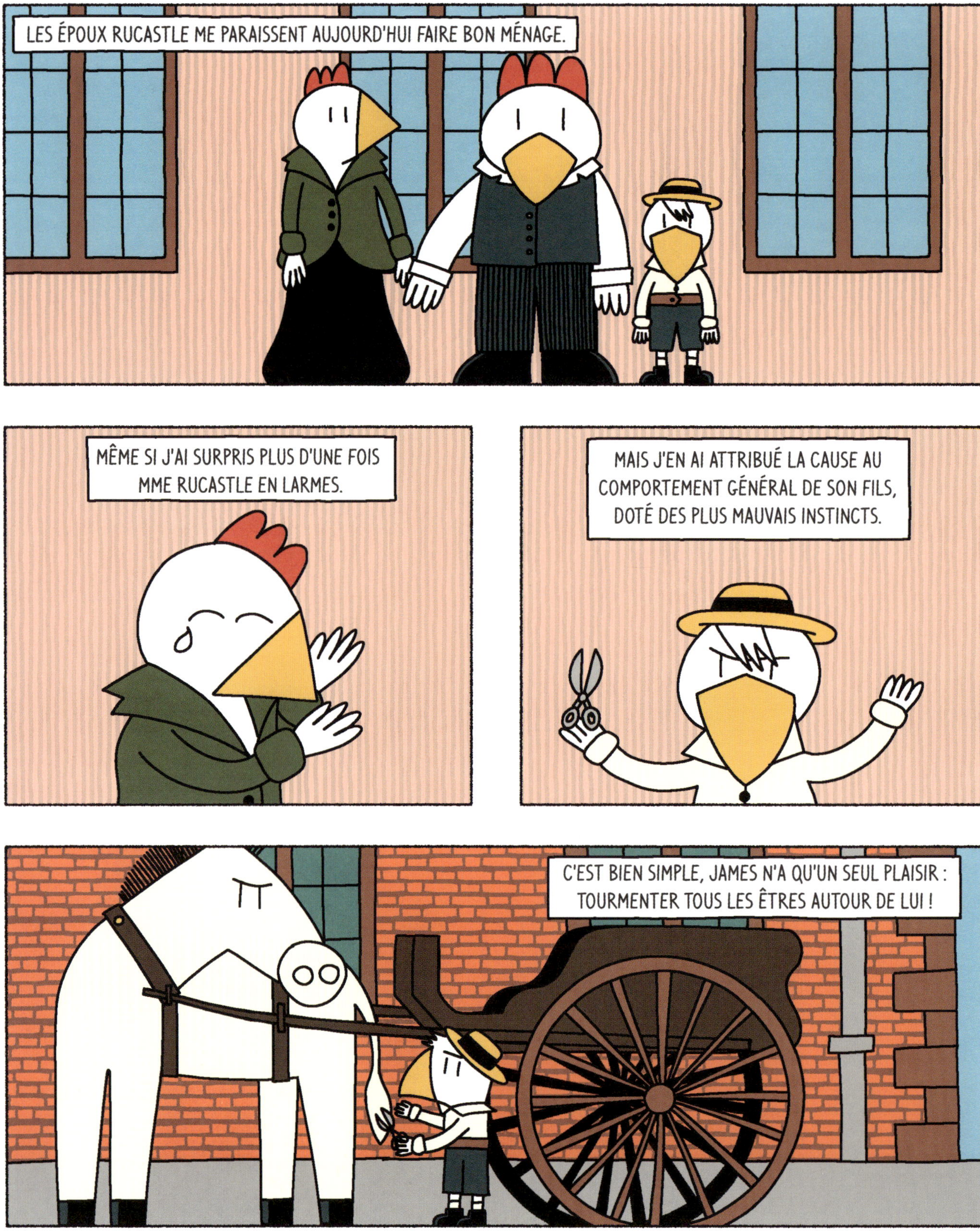
LES ÉPOUX RUCASTLE ME PARAISSENT AUJOURD'HUI FAIRE BON MÉNAGE.
MÊME SI J'AI SURPRIS PLUS D'UNE FOIS MME RUCASTLE EN LARMES.
MAIS J'EN AI ATTRIBUÉ LA CAUSE AU COMPORTEMENT GÉNÉRAL DE SON FILS, DOTÉ DES PLUS MAUVAIS INSTINCTS.
C'EST BIEN SIMPLE, JAMES N'A QU'UN SEUL PLAISIR : TOURMENTER TOUS LES ÊTRES AUTOUR DE LUI !

PEUT-ÊTRE NE DEVRAIS-JE PAS PARLER DE CE QUI N'EST QUE PEU MÊLÉ À MON HISTOIRE ?
SI, SI, FAITES ! J'AI BESOIN DE CONNAÎTRE TOUS LES DÉTAILS !
ALORS JE VAIS TÂCHER DE NE RIEN OMETTRE D'IMPORTANT...
IL N'Y A AUX HÊTRES POURPRES QUE DEUX DOMESTIQUES : LE COUPLE TOLLER.
LUI EST UN INDIVIDU GROSSIER, QUI SENT TOUJOURS LA BOISSON.
ELLE, EST UNE CRÉATURE DÉNUÉE DE TOUTE FORME D'AMABILITÉ !
CE MÉNAGE DÉPLAISANT ME GÊNE PEU, DU RESTE, CAR JE PASSE PRESQUE TOUT MON TEMPS À L'ÉTAGE, DANS LA NURSERY ET DANS MA CHAMBRE.

LES DEUX JOURS QUI SUIVIRENT MON EMMÉNAGEMENT ME PERMIRENT DE FAIRE PLUS AMPLE CONNAISSANCE AVEC JAMES.
LE TROISIÈME JOUR, MME RUCASTLE DESCENDIT APRÈS LE DÉJEUNER ET GLISSA QUELQUES MOTS À L'OREILLE DE SON MARI...
NOUS VOUS SOMMES TRÈS RECONNAISSANTS, MISS HUNTER, D'AVOIR ADAPTÉ VOTRE COIFFURE À NOTRE FANTAISIE...
NOUS AIMERIONS À PRÉSENT QUE VOUS PORTIEZ UNE ROBE QUE VOUS TROUVEREZ SUR VOTRE LIT ; ET CE, DÈS QUE POSSIBLE.

LE VÊTEMENT PRÉPARÉ DANS MA CHAMBRE ÉTAIT DE BELLE QUALITÉ, QUOIQUE ME PARAISSANT AVOIR DÉJÀ ÉTÉ PORTÉ...
TOUJOURS EST-IL QU'IL FIT FORTE IMPRESSION SUR MES EMPLOYEURS...
JE DOIS DIRE QUE, TOUTE MODESTIE MISE À PART, CETTE ROBE M'ALLAIT À RAVIR !
J'EN SUIS CERTAIN !!
VOYONS, WATSON, RESTONS CONCENTRÉS...
LES RUCASTLE M'INVITÈRENT ENSUITE À M'ASSOIR...

JE DUS GARDER LA PAUSE ENVIRON UNE HEURE, TANDIS QUE M. RUCASTLE FAISAIT LES CENT PAS.
LE LENDEMAIN, LA MÊME CÉRÉMONIE RECOMMENÇA...
ET AINSI DE SUITE DURANT DEUX SEMAINES COMPLÈTES.

VOUS POUVEZ FACILEMENT VOUS IMAGINER, MONSIEUR HOLMES, COMMENT TOUT CECI EXCITA MA CURIOSITÉ...
AYANT POUR INSTRUCTION DE RESTER DOS À LA FENÊTRE, JE FUS BIENTÔT CONSUMÉE DU DÉSIR DE VOIR CE QUI SE PASSAIT DERRIÈRE MOI.
ET JE FINIS PAR TROUVER UN MOYEN...
J'AVAIS EMPORTÉ DANS MES BAGAGES UN MIROIR DE POCHE QUE JE DISSIMULAIS DANS MON MOUCHOIR...
ET AU COURS D'UNE NOUVELLE SÉANCE, FAISANT MINE DE M'ESSUYER UNE POUSSIÈRE AU COIN DE L'ŒIL...

JE RESTAI D'ABORD DÉSAPOINTÉE EN N'APERCEVANT RIEN DE PARTICULIER DANS LE REFLET !

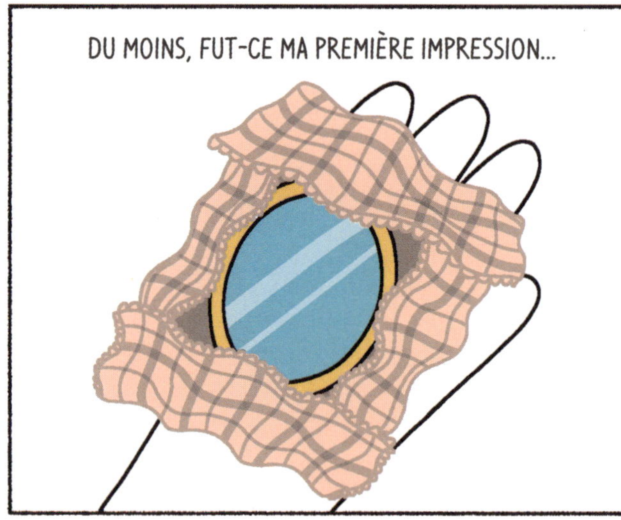
DU MOINS, FUT-CE MA PREMIÈRE IMPRESSION...

CAR DANS UN SECOND TEMPS, JE VIS AU LOIN, SUR LA ROUTE DE SOUTHAMPTON, UNE SILHOUETTE QUI REGARDAIT DANS NOTRE DIRECTION !

QUAND JE BAISSAI MON MOUCHOIR, MES YEUX RENCONTRÈRENT CEUX DE MME RUCASTLE...
QUI AVAIT DÉCOUVERT MON STRATAGÈME.
TRÈS CHER, JE VOIS UN IMPERTINENT GUETTER NOTRE MAISON DEPUIS LA ROUTE...
SERAIT-IL DE VOS AMIS, MISS HUNTER ?
OH NON, JE PUIS VOUS L'ASSURER !
VOUDRIEZ-VOUS BIEN CEPENDANT FAIRE SIGNE À CET IMPORTUN DE DÉGUERPIR ?

IL ME SEMBLE QU'IL VAUDRAIT MIEUX NE PAS AVOIR L'AIR D'Y FAIRE ATTENTION !
NON ! JE NE SUPPORTE PAS LES RÔDEURS ! VEUILLEZ FERMER LES RIDEAUX !
ET VITE !
BIEN, MONSIEUR...

DEPUIS LORS, JE NE ME SUIS PLUS ASSISE À LA FENÊTRE ET JE N'AI PLUS PORTÉ LA ROBE BLEUE.
VOICI UNE BIEN ÉTRANGE AFFAIRE PARFAITEMENT RAPPORTÉE. JE VOUS FÉLICITE, MISS HUNTER !
ET MON INSTINCT ME DIT QUE LA SUITE DE VOTRE RÉCIT S'ANNONCE TOUT AUSSI INTÉRESSANTE… JE VOUS EN PRIE, VEUILLEZ POURSUIVRE…
UN AUTRE JOUR, M. RUCASTLE ME CONDUISIT À UNE PETITE DÉPENDANCE, PRÈS DE LA PORTE DE LA CUISINE. UN ÉTRANGE CLIQUETIS S'EN ÉCHAPPAIT…
ALLONS, N'AYEZ PAS PEUR, MISS HUNTER ! APPROCHEZ-VOUS !
D'ABORD, JE NE PUS RIEN DISTINGUER OU PRESQUE…

MAIS SOUDAIN, JE PRIS PEUR EN DÉCOUVRANT DEUX YEUX BRILLANTS QUI ME FIXAIENT !
JE VOUS PRÉSENTE CARLO...
MON GARDIEN MÉCANIQUE !
TOLLER EST LA SEULE PERSONNE QUI S'Y CONNAISSE DANS LA FABRICATION DE CE GENRE DE DIABLERIE !
CHAQUE NUIT, LE MAÎTRE ACTIONNE SA CRÉATURE. ET GARE À CELUI, ENNEMI OU MÊME AMI, QUI SE RETROUVERAIT ALORS À PORTÉE DE SES CROCS D'ACIER !
J'EN ARRIVE À PRÉSENT À UNE TRÈS ÉTRANGE AVENTURE...
PLUS ÉTRANGE ENCORE QUE LA DÉCOUVERTE DE CETTE SENTINELLE DE MÉTAL ?
J'AI HÂTE DE SAVOIR DE QUOI IL RETOURNE...

COMME VOUS LE SAVEZ DÉJÀ, J'AVAIS PRIS SOIN DE FAIRE COUPER MES CHEVEUX AVANT MON DÉPART POUR LES HÊTRES POURPRES...
UN SOIR, JE ME MIS À EXAMINER PLUS ATTENTIVEMENT L'AMEUBLEMENT DE MA CHAMBRE...
IL Y AVAIT UNE VIEILLE COMMODE DONT LE PREMIER TIROIR ÉTAIT FERMÉ À CLEF.
OR J'AVAIS BESOIN DE CE TIROIR SUPPLÉMENTAIRE POUR Y RANGER LE RESTE DE MES AFFAIRES.
ALORS À L'AIDE D'UNE ÉPINGLE ET DE BEAUCOUP DE PATIENCE...
JE PARVINS ENFIN À OUVRIR CE FICHU TIROIR ! ET SAVEZ-VOUS CE QU'IL CONTENAIT ?

VOS PROPRES CHEVEUX.
MAIS ? PAR QUEL PRODIGE AVEZ-VOUS DEVINÉ ?
OH, IL FAIT ÇA TOUT LE TEMPS...
CONTINUEZ, MA CHÈRE, CONTINUEZ...
EUH... BIEN.
JE RESTAIS UN LONG MOMENT INTERDITE DEVANT MA DÉCOUVERTE...
J'AVAIS BEAU CHERCHER...
JE NE POUVAIS COMPRENDRE CE QUE CELA SIGNIFIAIT.

JE CHOISIS DE NE RIEN DIRE AUX RUCASTLE. APRÈS TOUT, EN FORÇANT CE TIROIR, N'ÉTAIS-JE PAS DANS MON TORT ?
IL ME FAUT ENFIN PORTER À VOTRE CONNAISSANCE UN DERNIER ÉLÉMENT…
À FORCE DE PARCOURIR LA MAISON, J'EN CONNUS BIENTÔT LE PLAN. OR IL M'APPARUT QUE TOUT UN CÔTÉ SEMBLAIT INHABITÉ…
UNE PORTE VERROUILLÉE CONDUISAIT À CETTE AILE MYSTÉRIEUSE. ET UN JOUR, JE VIS M. RUCASTLE EN SORTIR !
IL PASSA SANS ME VOIR AVANT DE DISPARAÎTRE À L'ANGLE D'UN COULOIR.

PLUS TARD, AU COURS D'UNE PROMENADE, JE M'APPROCHAI DISCRÈTEMENT DES FENÊTRES DE LA PARTIE OUBLIÉE DES HÊTRES POURPRES...
QUAND JE TOMBAI SUR M. RUCASTLE.
QUE FAITES-VOUS DONC À CET ENDROIT DU DOMAINE, MISS HUNTER ?
EH BIEN... JE... JE ME DEMANDAIS QUELLE POUVAIT BIEN ÊTRE CETTE PIÈCE DONT LES VOLETS SONT TOUJOURS FERMÉS ?

JE SUIS PASSIONNÉ DE PHOTOGRAPHIE. ET J'AI MA CHAMBRE NOIRE LÀ-HAUT.
MAIS JE VOUS TROUVE BIEN CURIEUSE, MISS HUNTER !
ET VOUS SAVEZ TRÈS CERTAINEMENT CE QUE L'ON DIT DE LA CURIOSITÉ...
SUITE À CETTE PESANTE ENTREVUE, JE ME SENTIS DÉSORMAIS INVESTIE D'UNE ÉTRANGE MISSION...
PARVENIR À OUVRIR CETTE PORTE !
IL FAUT QUE VOUS SACHIEZ, QUE M. RUCASTLE N'ÉTAIT PAS LE SEUL À POUVOIR SE RENDRE DANS LES PIÈCES INTERDITES.

HIER SOIR, TOLLER, COMPLÈTEMENT IVRE, LAISSA LA PORTE ENTROUVERTE PAR NÉGLIGENCE...
J'AVANÇAI D'ABORD À TÂTONS DANS UN SOMBRE COULOIR...
QUELLE AUDACE !
WATSON ! VEUILLEZ NE PAS INTERROMPRE MISS HUNTER INUTILEMENT !
JE FINIS PAR DISTINGUER UNE PORTE.

ON AVAIT FAIT EN SORTE QU'IL SOIT IMPOSSIBLE DE L'OUVRIR DEPUIS L'INTÉRIEUR.
PUIS SOUDAIN, UN RAI DE LUMIÈRE, DES PAS PRÉCIPITÉS...
ET UNE OMBRE MENAÇANTE !
POUR MOI, C'EN ÉTAIT TROP ! UNE IMMENSE TERREUR M'ENVAHIT ET JE QUITTAI LES LIEUX...

MISS HUNTER ?
QUE VOUS ARRIVE-T-IL ? VOUS SEMBLEZ BOULEVERSÉE...
OH, M. RUCASTLE, J'AI EU SI PEUR !
ET QU'EST-CE QUI VOUS A DONC TANT EFFRAYÉE ?
SA VOIX TROP CAJOLEUSE ME MIT IMMÉDIATEMENT SUR MES GARDES.
LA PORTE ÉTAIT OUVERTE ET EN VOULANT LA REFERMER, J'AI CRU APERCEVOIR UN FANTÔME !

UN FANTÔME ET C'EST TOUT ?
JE VOUS L'ASSURE ! QUE VOUDRIEZ-VOUS DE PLUS ?
VOTRE PROMESSE DE NE JAMAIS PLUS VOUS AVENTURER PAR ICI !
SANS QUOI, CARLO POURRAIT BIEN...
JE REFUSAI D'EN ENTENDRE DAVANTAGE !
PUIS JE REPENSAI À VOUS, MESSIEURS, ET À VOTRE PROMESSE DE VENIR M'AIDER EN CAS DE DANGER...
J'AVAIS PEUR DE LA MAISON ET DE TOUS SES OCCUPANTS ! J'AURAIS PU M'ENFUIR MAIS MA CURIOSITÉ ÉTAIT AUSSI FORTE QUE MA CRAINTE. JE PRÉFÉRAI VOUS TÉLÉGRAPHIER SANS ATTENDRE....

UNE FOIS MON MESSAGE ENVOYÉ, JE ME SENTIS SOULAGÉE D'UN GRAND POIDS.
EN APPROCHANT DE LA MAISON, JE FUS CEPENDANT SAISIE D'UNE HORRIBLE CRAINTE : ET SI LE GARDIEN DE MÉTAL FAISAIT DÉJÀ SA RONDE ?
PUIS J'APERÇUS TOLLER, ENCORE IVRE, QUI DORMAIT DANS LE PARC. PAR CHANCE, IL AVAIT OUBLIÉ D'ACTIONNER LA SENTINELLE.
JE REGAGNAI BIEN VITE MA CHAMBRE SANS INCIDENT.
VOILÀ, MESSIEURS ! JE PENSE N'AVOIR RIEN OUBLIÉ. JE NE VAIS GUÈRE POUVOIR RESTER PLUS LONGTEMPS CAR LES RUCASTLE DOIVENT S'ABSENTER CE SOIR.
DITES-MOI : À VOTRE AVIS,QUE DEVRAIS-JE FAIRE UNE FOIS RENTRÉE AUX HÊTRES POURPRES ?

HUM...
TOLLER EST-IL AUJOURD'HUI MÊME EN ÉTAT D'ÉBRIÉTÉ ?
PLUS QUE JAMAIS !
SAVEZ-VOUS S'IL EXISTE AUX HÊTRES POURPRES UNE CAVE AVEC UNE SERRURE SOLIDE ?
OUI, ET JE SAIS OÙ SE TROUVE LA CLEF !
ET VOUS QUI AVEZ DÉJÀ FAIT PREUVE DE TANT DE COURAGE, PENSEZ-VOUS QUE VOUS POURRIEZ ENCORE ALLER PLUS LOIN ?
JE TIENS À VOUS DIRE QUE JE NE PARLERAIS PAS AINSI SI JE NE VOUS CONSIDÉRAIS PAS COMME UNE PERSONNE EXCEPTIONNELLE...
JE VOUS ÉCOUTE, MONSIEUR HOLMES...

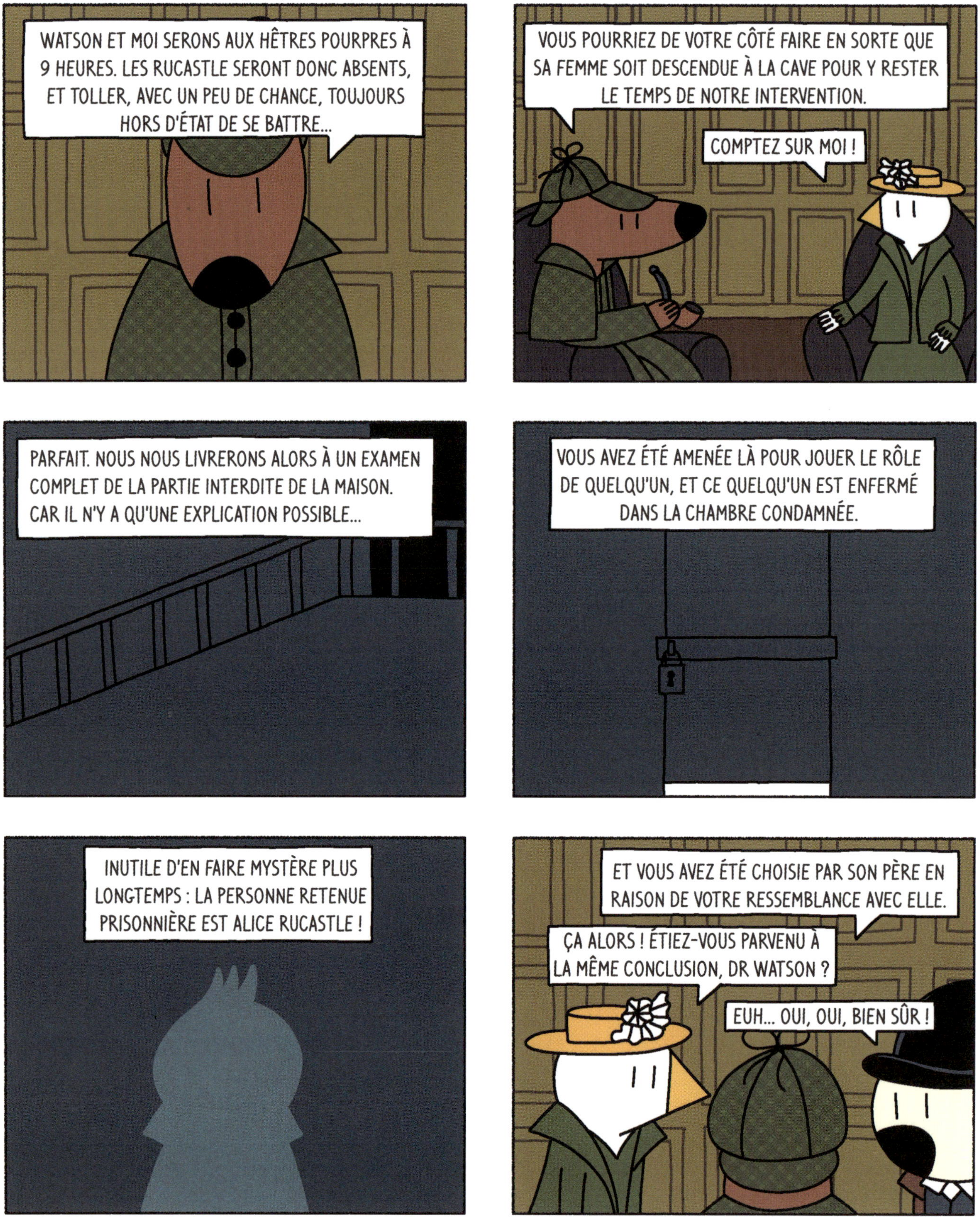
WATSON ET MOI SERONS AUX HÊTRES POURPRES À 9 HEURES. LES RUCASTLE SERONT DONC ABSENTS, ET TOLLER, AVEC UN PEU DE CHANCE, TOUJOURS HORS D'ÉTAT DE SE BATTRE...
VOUS POURRIEZ DE VOTRE CÔTÉ FAIRE EN SORTE QUE SA FEMME SOIT DESCENDUE À LA CAVE POUR Y RESTER LE TEMPS DE NOTRE INTERVENTION.
COMPTEZ SUR MOI !
PARFAIT. NOUS NOUS LIVRERONS ALORS À UN EXAMEN COMPLET DE LA PARTIE INTERDITE DE LA MAISON. CAR IL N'Y A QU'UNE EXPLICATION POSSIBLE...
VOUS AVEZ ÉTÉ AMENÉE LÀ POUR JOUER LE RÔLE DE QUELQU'UN, ET CE QUELQU'UN EST ENFERMÉ DANS LA CHAMBRE CONDAMNÉE.
INUTILE D'EN FAIRE MYSTÈRE PLUS LONGTEMPS : LA PERSONNE RETENUE PRISONNIÈRE EST ALICE RUCASTLE !
ET VOUS AVEZ ÉTÉ CHOISIE PAR SON PÈRE EN RAISON DE VOTRE RESSEMBLANCE AVEC ELLE.
ÇA ALORS ! ÉTIEZ-VOUS PARVENU À LA MÊME CONCLUSION, DR WATSON ?
EUH... OUI, OUI, BIEN SÛR !

ALICE A SANS DOUTE COUPÉ SES CHEVEUX POUR ADOPTER UNE ALLURE GARÇONNE PROPRE À INSUPPORTER SON PÈRE.
L'INCONNU APERÇU DANS VOTRE MIROIR EST PROBABLEMENT SON FIANCÉ À QUI, PAR LE RÔLE QU'ILS VOUS ONT FAIT JOUER...
... LES RUCASTLE ONT TENTÉ DE FAIRE CROIRE QU'ALICE NE RÉPONDRAIT DÉSORMAIS PLUS À SES AVANCES.
ET L'AUTOMATE LÂCHÉ CHAQUE NUIT DANS LE PARC EST UNE GARANTIE SUPPLÉMENTAIRE QUE LES DEUX JEUNES GENS NE POURRONT PLUS SE REVOIR.
ENFIN, L'AUTRE POINT SÉRIEUX DE L'AFFAIRE EST LA NATURE DE L'ENFANT.
QUE VOULEZ-VOUS DIRE ?

MON CHER AMI, VOUS QUI ÊTES MÉDECIN, ÊTES-VOUS PARVENU À LA MÊME CONCLUSION QUE MOI ?
EH BIEN, IL EST VRAI QUE J'AI DÉJÀ EU DES INDICES SUR LE CARACTÈRE D'UN PÈRE EN ÉTUDIANT SES ENFANTS...
ET LA NATURE CRUELLE DE CELUI QUI NOUS INTÉRESSE EST TRÈS PROBABLEMENT HÉRÉDITAIRE...
JE SUIS SÛRE QUE VOUS AVEZ RAISON, MESSIEURS ! IL N'Y A PLUS UN INSTANT À PERDRE : ALLONS SECOURIR LA MALHEUREUSE ALICE !
GARDONS-NOUS BIEN DE CÉDER À LA PRÉCIPITATION ! LE PÈRE DE LA DEMOISELLE EN DÉTRESSE EST RUSÉ. TENONS-NOUS EN À L'INTERVENTION DE CE SOIR...
ET D'ICI LÀ, CHERCHONS UN MOYEN D'ÉCHAPPER AUX CROCS DE CARLO !

EH BIEN, SHERLOCK ? N'AVAIS-JE PAS RAISON EN DISANT QUE NOUS TROUVERIONS LA SOLUTION...
EN PRENANT DE LA HAUTEUR ?
REPORTONS À PLUS TARD LES TRAITS D'ESPRIT, WATSON, VOULEZ-VOUS ?

PAR AILLEURS, NE VOUS RÉJOUISSEZ PAS TROP VITE : BOIS CONTRE ACIER, IL EST ÉVIDENT DE DEVINER QUI VA L'EMPORTER !
GARE AU REQUIN, MESSIEURS ! HÂTEZ-VOUS DE MONTER À BORD !

J'AI PROFITÉ QUE MME TOLLER DESCENDE À LA CAVE POUR VERROUILLER LA PORTE DERRIÈRE ELLE. QUANT À SON MARI, IL CUVE SON MAUVAIS VIN SUR LE PAILLASSON DE LA CUISINE ; ET VOICI SES CLEFS !
AINSI VOUS AVEZ RÉUSSI...
ÉVIDEMMENT !

J'AVAIS BEAU M'Y ATTENDRE...
J'AI L'IMPRESSION DE CONTEMPLER MON REFLET DANS UN MIROIR.
ELLE SEMBLE ENDORMIE.
VOTRE AVIS D'EXPERT, WATSON ?
MISS ALICE EST SOUS L'EFFET DU LAUNDANUM, SANS AUCUN DOUTE !
JE VOUS Y PRENDS !

MAUDITS RAVISSEURS D'ENFANT !
TOLLER, DONNEZ-DONC À CES INTRUS LA CORRECTION QU'ILS MÉRITENT !
AVEC PLAISIR, M. RUCASTLE...
PAF !
C'EST UN PROBLÈME RÉCURRENT CHEZ LES BRUTES AVINÉES : LEURS COUPS SONT BIEN TROP PRÉVISIBLES...

RESTEZ CONCENTRÉ, WATSON ! RUCASTLE EST EN TRAIN DE PRENDRE LE LARGE...
PAS D'INQUIÉTUDE, JE M'EN CHARGE !!
CARLO ! À MOI ! À MOI !
QUI... QUI ÊTES-VOUS ?
UNE AMIE, MISS ALICE. VOUS ÊTES SAUVÉE !
QUELLE ÉTRANGE RESSEMBLANCE... SERIONS-NOUS PARENTES ?
NON, MAIS JE VAIS TOUT VOUS EXPLIQUER...
WATSON ! PRENEZ GARDE ! CARLO OBÉIT UNIQUEMENT À TOLLER !
HAAA
À L'AIDE !! AU SECOURS !

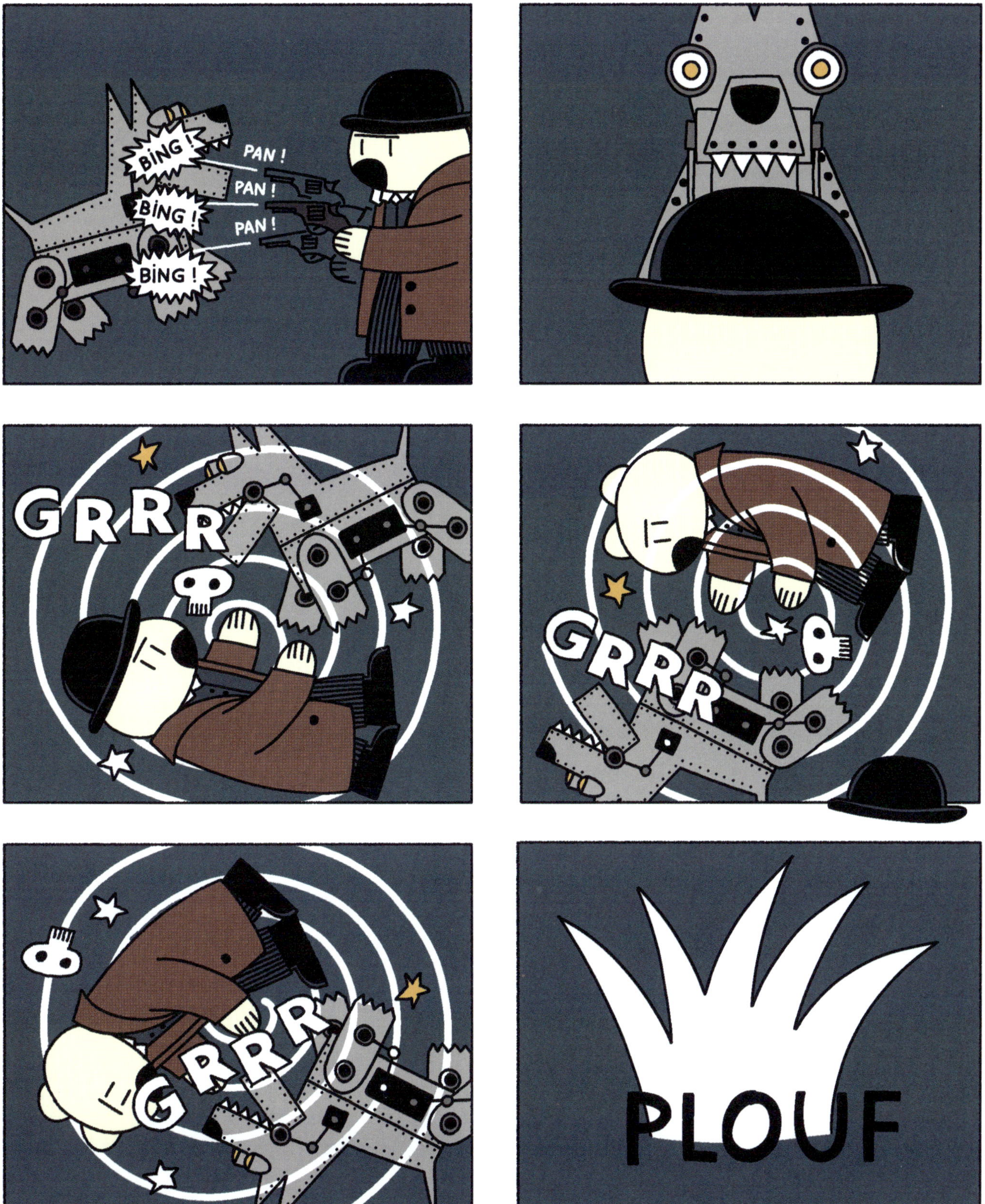
BING !
PAN !
BING !
PAN !
BING !
PAN !
GRRR
GRRR
GRRR
PLOUF

NON MAIS !
DZZ !
DZZ !
JE COMPRENDS MIEUX LA RÉFLEXION DU DOCTEUR WATSON LA PREMIÈRE FOIS QUE JE VOUS AI RENCONTRÉS, MONSIEUR HOLMES...
PAR SON COURAGE, IL NE SAURAIT ÊTRE UN BANAL ASSISTANT. NOTRE AMI EST CLAIREMENT VOTRE PLEIN ASSOCIÉ !
DITES DONC, MON VIEUX, QUAND VOUS AUREZ FINI DE VOUS DONNER EN SPECTACLE, VOUS VOUDREZ BIEN NOUS RETROUVER À L'INTÉRIEUR ?
IL EST TEMPS DE CONCLURE CETTE AVENTURE...

C'EST AU COURS D'UNE PROMENADE QUE J'AI FAIT LA CONNAISSANCE D'UN PEINTRE PAYSAGISTE VENU DE FRANCE, M. LENCOUAC. NOUS SOMMES TOMBÉS AMOUREUX AU PREMIER REGARD. MAIS QUAND IL FUT QUESTION DE MARIAGE, MON PÈRE ENTRA DANS UNE TERRIBLE COLÈRE.

MOI VIVANT, JAMAIS MA FILLE NE SERA UNIE À UN MISÉRABLE BARBOUILLEUR !!

PÈRE ! JE VOUS EN PRIE !! LAISSEZ-MOI SORTIR !!!

LA SUITE, JE PUIS VOUS LA RACONTER : M. LENCOUAC, DUPÉ PAR LA MISE EN SCÈNE DES RUCASTLE, A CRU À UN SIGNE DE DÉSAMOUR DE VOTRE PART... À NOTER QU'IL AURAIT PU AVOIR LE COURAGE DE SE PRÉSENTER AUX HÊTRES POURPRES POUR SE FAIRE CONFIRMER LA FIN DE SA RELATION...
C'EST QUE LES ARTISTES SONT DE NATURE VOLAGE ; LES FRANÇAIS SANS DOUTE ENCORE DAVANTAGE QUE LES AUTRES...
TOUJOURS EST-IL QUE SANS MISS HUNTER, DIEU SEUL SAIT QUAND VOTRE PÈRE AURAIT ENFIN CONSENTI À VOUS RENDRE LA LIBERTÉ !

ET SINON, WATSON, QUE VOUS AVAIS-JE DIT SUR LES DEMEURES BÂTIES À L'ÉCART, HUM ?

Enfin, précisons que Miss Alice est de nouveau tombée amoureuse, d'un sculpteur cette fois. Ils vivent aujourd'hui à Rome.

Les Rucastle, après avoir été un temps inquiétés par la justice, sont de retour aux Hêtres Pourpres. Les Toller sont toujours à leur service.

Quant à Miss Hunter, elle a trouvé une place de préceptrice dans une famille respectable du Devonshire, les Baskerville. Peut-être aurons-nous un jour de ses nouvelles ?

Cher Docteur Watson,

Sauf erreur de ma part, vous trouverez dans ce flacon la même eau de Cologne que vous portiez au Black Swan. Pourrions-nous convenir d'un rendez-vous afin de vérifier mon hypothèse ?

Tendres pensées,

Violette Hunter

TOUT SIMPLEMENT !

DIS, JEAN, TU CONNAIS « LES HÊTRES POURPRES » DE CONAN DOYLE ?
NON ! MAIS TU SAIS, SYLVAIN, MOI, SHERLOCK HOLMES...
J'AI DÉCOUVERT CETTE NOUVELLE RÉCEMMENT, ET JE L'AI TROUVÉE INTÉRESSANTE.
BEN TU AS DE LA CHANCE ! PARCE QUE MOI, À CHAQUE FOIS QUE J'AI LU CONAN DOYLE...
ET J'AI PENSÉ À TOI POUR ADAPTER LE TEXTE EN BANDE DESSINÉE.
C'EST GENTIL, MAIS...
AH ! J'ÉTAIS SÛR QUE TU SERAIS D'ACCORD, MERCI !
....
PARIS / BUTTES CHAUMONTS / ÉTÉ 2022